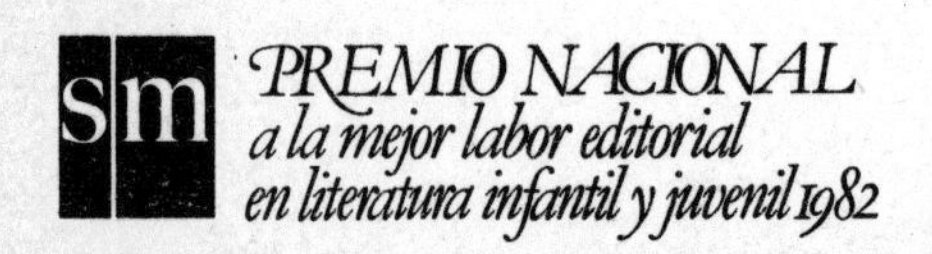
sm
PREMIO NACIONAL
a la mejor labor editorial
en literatura infantil y juvenil 1982

El gato Mog

Joan Aiken

ediciones sm Joaquín Turina 39 28044 Madrid

Primera edición: Enero 1984
Segunda edición: Diciembre 1984
Tercera edición: Mayo 1985
Cuarta edición: Marzo 1986
Quinta edición: Diciembre 1986
Sexta edición: Abril 1987
Séptima edición: Diciembre 1987

Traducción del inglés: *Pedro B. Gómez*
Ilustraciones y cubierta: *Julia Díaz*

Título original: *A necklace of raindrops*

Distribuidor exclusivo: CESMA, S.A.
Aguacate, 25 - 28044 Madrid

ISBN: 84-348-1275-4
Depósito legal: M-38533-1987
Fotocomposición: Secomp
Impreso en España / *Printed in Spain*
Imprenta SM - Joaquín Turina, 39 - 28044 Madrid

El gato Mog

ERASE UNA VEZ una señora mayor, la señora Jones, que vivía con su gato Mog. Esta señora tenía una panadería en un pueblecito situado en el fondo de un valle que había entre dos montañas.

Todas las mañanas podía verse encendida la luz de la casa de la panadera, mucho antes que la de las otras casas del pueblo, ya que ella se levantaba muy temprano para preparar hogazas y bollos, tartas de mermelada y bizcochos.

Lo primero que hacía la señora Jones por la mañana era encender un buen fuego. Luego, preparaba la masa a la que añadía agua, azúcar y levadura. A continuación colocaba la masa en moldes y los ponía junto al fuego para que el contenido aumentara de volumen.

Mog se despertaba también temprano. Se levantaba para cazar ratones. Cuando había cazado todos los ratones de la panadería, le gustaba echarse junto al calor del fuego. Pero la señora Jones no lo dejaba, para que no la estorbase al hacer las hogazas y los bollos.

Ella le decía:

—No te eches sobre los bollos, Mog.

Los bollos iban aumentando de tamaño, debido a la levadura. Esta hace que el pan y los bollos se esponjen y se hagan más y más grandes.

Como a Mog no le estaba permitido echarse junto al fuego, se iba a jugar al fregadero.

La mayoría de los gatos odian el agua, pero Mog no. Le encantaba, le gustaba sentarse junto al grifo, y atrapar con sus garras las gotas, a medida que caían, y mojarse los bigotes.

¿Qué aspecto tenía Mog? Su lomo y sus costados, así como sus patas (hasta donde hubieran llegado los calcetines, caso de llevarlos), su cara, sus orejas y parte de su cola, eran blancos. Tenía blanca la punta de la cola, franjas blancas en las orejas y bigotes blancos. El agua había aclarado el color de mermelada de su piel y sus patas y barriga estaban limpias.

Sin embargo, esta afición al agua tampoco le agradaba a su dueña, y le dijo:

—Mog, estás muy excitado. No haces más que salpicar agua sobre mis moldes de bollos. Vete a jugar fuera.

Mog se sintió ofendido. Se marchó con las orejas gachas y el rabo caído (cuando los gatos están contentos, alzan las orejas y el rabo).

Estaba lloviendo mucho.

Un río impetuoso, que arrastraba muchas piedras, cruzaba la ciudad. Mog se metió en el agua en busca de algún pez. Pero en aquella parte del río no había peces. Mog estaba calado, aunque no le importó. De pronto comenzó a estornudar.

En ese momento, la señora Jones abrió la puerta y lo llamó:

—¡Mog! Ya he puesto los bollos en el horno. Ahora ya puedes venir y echarte junto al fuego.

Mog estaba tan mojado que relucía como si le hubieran sacado brillo. Cuando se echó junto al fuego, estornudó nueve veces.

La señora Jones dijo:

—¡Oh, Mog! ¿No te habrás enfriado?

Lo secó con una toalla y le dio un poco de leche con levadura, ya que la levadura es buena para las personas enfermas.

A continuación lo dejó echado junto al

fuego y se puso a preparar unas tartas de mermelada. Después de poner las tartas en el horno, cogió su paraguas y se marchó a hacer unas compras.

¿Qué creéis que le estaba sucediendo a Mog?

Pues que la levadura le hacía crecer. Mientras dormitaba junto al calor del fuego, aumentaba de tamaño con gran rapidez.

Primero creció como una oveja.

Luego creció como un asno.

Luego creció como un caballo percherón.

Luego creció como un hipopótamo.

Llegó a ser demasiado grande para caber en la pequeña cocina de la señora Jones, y era enorme para poder salir por la puerta. Las paredes de la cocina estaban a punto de estallar.

Cuando la señora Jones volvió a su casa con la bolsa de la compra y el paraguas, dio un grito:

—¡Dios mío! ¿Qué le pasa a mi casa?

Toda la casa estaba abombada y se balanceaba. Unos enormes bigotes asomaban por la ventana de la cocina. Por la puerta salió una cola de color mermelada. Una pata blanca asomó por la ventana de un dormitorio, y una oreja con franjas blancas por otra ventana.

—¡Miau! —dijo Mog.

Se acababa de despertar de su siesta y estaba estirándose.

En aquel momento se derrumbó la casa.

—¡Oh, Mog! —dijo llorando la señora Jones—. ¡Mira lo que has hecho!

Los habitantes del pueblo se quedaron atónitos cuando vieron lo que había sucedido. A la señora Jones le dejaron que se fuera a vivir al ayuntamiento, porque estaban orgullosos de ella (y de sus bollos), pero la situación de Mog era más complicada.

El alcalde dijo:

—Supongamos que sigue creciendo y derrumba nuestro ayuntamiento. ¿Y si se vuelve agresivo? No es aconsejable tenerlo en el pueblo. Es demasiado grande.

La señora Jones replicó:

—Mog es un gato muy cariñoso. No sería capaz de hacer daño a nadie.

—Esperaremos y veremos lo que hacemos —dijo el alcalde—. Supongamos que se sienta encima de alguien, por ejemplo. Y si tiene hambre, ¿qué va a comer? Es mejor que viva fuera del pueblo, en el monte.

En ese momento todos comenzaron a azuzarlo:

—¡Psssst!

Y el pobre Mog fue echado del pueblo. Aún seguía lloviendo con fuerza y el agua bajaba en riada de las montañas, lo que a Mog no le preocupó en absoluto.

Pero la pobre señora Jones estaba muy triste. Comenzó a preparar un nuevo surtido de hogazas de pan y de bollos en el ayuntamiento, llorando tanto sobre ellos que la masa resultó muy húmeda y salada.

Mientras, Mog caminaba por el valle, entre las dos montañas. Ya era mayor que un elefante, casi tan grande como una ballena. Cuando lo vieron acercarse las ovejas que había por allí, se asustaron mucho y se alejaron corriendo. Pero él no les prestó atención. Estaba buscando peces en el río y pescó un montón. Lo estaba pasando bien.

Llegó a llover tanto, que Mog escuchó un rugido sordo proveniente de la parte alta del valle. Miró y vio una avalancha de agua que descendía hacia él. El río comenzaba a desbordarse, a medida que caía en él más y más agua de lluvia procedente de la montaña.

Mog pensó:

—Si no detengo esa agua, se llevará todos esos sabrosos peces.

Así que se sentó en mitad del valle y se reclinó. Parecía una enorme hogaza de pan casero.

El agua no pudo pasar.

La gente del pueblo oía el ruido del agua desbordada y estaba muy asustada.

El alcalde gritó:

—Corramos hacia las montañas antes de que el agua llegue al pueblo, si no queremos ahogarnos todos.

Así que todos corrieron hacia las montañas, unos hacia un lado del pueblo y otros hacia otro.

¿Qué vieron entonces?

¡Caramba! Vieron a Mog sentado en medio del valle. Detrás de él había un gran lago.

—Señora Jones —dijo el alcalde—. ¿Puede usted hacer que su gato permanezca ahí hasta que construyamos un dique de lado a lado del valle para poder retener el agua?

—Lo intentaré —contestó la señora—. Normalmente se queda quieto si se le acaricia debajo de la barbilla.

Y así se hizo. Durante tres días, todo el mundo se turnó haciéndole cosquillas a

Mog debajo de la barbilla con rastrillos para el heno. Mog ronroneaba de placer. Sus ronroneos producían grandes olas en la superficie del lago que había formado el agua.

Durante todo este tiempo los mejores constructores estaban levantando un dique de lado a lado del valle.

La gente llevó a Mog toda clase de golosinas para comer. Crema y leche condensada, hígado y tocino, sardinas e, incluso, chocolate. Pero no tenía mucha hambre, había comido muchos peces.

Al tercer día terminaron el dique. El pueblo estaba a salvo.

El alcalde, muy contento, dijo:

—Ahora veo que Mog es un gato gentil y cariñoso. Puede vivir con usted en el ayuntamiento, señora Jones. Le entrego este premio en agradecimiento por su labor.

El premio, que en adelante distinguiría a Mog, consistía en una placa que, prendida de una cadena de plata, colgaba de su cuello. La placa decía:

«MOG SALVÓ A NUESTRO PUEBLO»

La señora Jones y Mog vivieron felizmente desde entonces en el Ayuntamiento.

Si vais al pueblecito de Carnmog, veréis al policía deteniendo el tráfico, mientras Mog se dirige por las calles camino del lago a pescar algo para el desayuno. Su cola se agita por encima de las casas, y sus bigotes rozan las ventanas de los pisos altos. Pero la gente sabe que no les hará ningún daño, porque el gato es un amigo.

Le encanta jugar en el lago y algunas veces se moja tanto que estornuda. Pero la señora Jones no le volverá a dar levadura.

¡Ya es bastante grande!

Un collar de gotas de lluvia

EL SEÑOR JONES y su mujer vivían cerca del mar. Una noche de tormenta, el señor Jones estaba en su jardín, cuando vio que el acebo que había junto a la entrada se movía con fuerza y temblaba.

—¡Ayúdame! —gritó una voz—. ¡Estoy aquí enredado en el árbol! ¡Ayúdame! Si no, la tormenta durará toda la noche.

Muy sorprendido, el señor Jones se dirigió al árbol. Entre sus ramas había un hombre con una gran capa de color gris, y una larga barba, también gris, y los ojos más brillantes que él había visto nunca.

—¿Quién eres? —preguntó el señor Jones—. ¿Qué estás haciendo en mi acebo?

—Estoy enredado en él, ¿no lo ves? Ayúdame a salir. Si no me ayudas, la tormenta durará toda la noche. Yo soy el

Viento del Norte y mi trabajo consiste en alejar la tormenta.

El señor Jones ayudó al Viento del Norte a salir del acebo. Las manos del Viento del Norte eran tan frías como el hielo.

—Gracias —dijo el Viento—. Mi capa se ha desgarrado, pero no importa. Me has ayudado, así que, ¿qué puedo hacer por ti?

—No necesito nada —respondió el señor Jones—. Mi mujer y yo acabamos de tener una niña y somos tan felices como no creo que haya dos personas en el mundo.

—En ese caso —dijo el Viento del Norte—, seré el padrino de tu hija, y mi regalo por su nacimiento será este collar de gotas de lluvia.

De su capa sacó una cadenita de plata muy fina, en la que había tres gotas brillantes y resplandecientes.

—Debes poner el collar en el cuello de tu hija —le dijo—. Las gotas de lluvia no la mojarán ni se evaporarán. Todos los años, el día de su cumpleaños, le traeré una nueva gota. Cuando tenga cuatro gotas no se mojará, aunque salga a la calle en medio de la mayor de las tormentas. Cuando tenga cinco, no le afectarán los rayos ni los truenos. Cuando tenga seis, no le hará ningún daño el viento, por fuerte que sea. Cuando tenga siete gotas, será capaz de nadar en el río más profundo. Cuando tenga ocho, podrá atravesar a nado el mar más ancho. Cuando tenga nueve, podrá hacer que cese la lluvia tan sólo con aplaudir con las manos. Cuando tenga diez, será capaz de hacer que llueva, si sopla por la nariz.

—¡Alto! ¡Alto! —gritó el señor Jones—. Eso es más que suficiente para una niña pequeña.

—Ya iba a detenerme de todas formas —dijo el Viento del Norte—. Recuerda una cosa: no debe quitarse nunca la cadena, porque eso traería mala suerte. Ahora debo marcharme para alejar la tormenta. Volveré para su primer cumpleaños con la cuarta gota de lluvia.

Y se alejó, volando por el cielo, empujando las nubes delante de él, para que la luna y las estrellas pudieran brillar.

El señor Jones entró en la casa y colocó la cadena con las tres gotas de lluvia en el cuello de su hija, a la que pusieron de nombre Laura.

Pronto transcurrió un año, y el Viento del Norte regresó a la casita junto al mar. Laura ya era capaz de asir cosas y jugaba con sus tres brillantes y resplandecientes gotas.

Pero nunca se quitaba la cadena.

Cuando el Viento del Norte le entregó a Laura la cuarta gota de lluvia, no se mojaba aunque estuviera en la calle en medio de la más copiosa lluvia. Su madre la sacaba al jardín en su cochecito, y la gente que pasaba a su lado decía:

—¡Mirad ese bebé expuesto a la lluvia! Se va a enfriar.

Pero la pequeña Laura estaba completamente seca y feliz, jugando con sus gotas de lluvia y despidiendo a su padrino, el Viento del Norte, que se alejaba volando.

Al año siguiente le trajo la quinta gota de lluvia, y al otro la sexta, y al siguiente la séptima. Ya por entonces, a Laura no le hacía daño ninguna tormenta, por fuerte que fuera, y si se caía en una laguna o en un río, flotaba como una pluma. Y cuando tuvo la octava gota de lluvia, era capaz de nadar a través del mar más ancho, pero como era feliz en su casa, nunca lo intentó.

Y cuando tuvo la novena gota, Laura se dio cuenta de que podía hacer que cesara la lluvia, tan sólo con aplaudir con las manos . Así lo hizo y disfrutaron de muchos días soleados junto al mar. Pero

Laura no siempre aplaudía cuando llovía, porque le encantaba contemplar las gotas plateadas que caían del cielo.

Y llegó el momento en que Laura comenzó a ir a la escuela. Podéis imaginaros lo que la querían los otros niños. Le decían:

—Laura, Laura, por favor, haz que pare de llover para que podamos jugar en la calle.

Y Laura hacía que cesara la lluvia.

Pero Meg, una compañera de Laura, pensó:

«Eso no es justo. ¿Por qué puede tener Laura un collar tan bonito y ser capaz de que deje de llover? ¿Por qué no lo puedo tener yo?».

Decidida, Meg se acercó a la profesora y le dijo:

—Laura lleva un collar.

Y la profesora, dirigiéndose a Laura le ordenó:

—Debes quitarte el collar; en el colegio no está permitido llevar joyas.

—Pero si me lo quito traerá mala suerte —respondió Laura.

—Por supuesto que no traerá mala suerte. Te lo guardaré en una caja y allí estará seguro hasta que terminen las clases.

Y la profesora guardó el collar en una caja.

Pero Meg vio donde lo puso y, cuando los niños estaban jugando fuera y la profesora estaba comiendo, Meg entró rápidamente y se guardó el collar en el bolsillo.

Cuando la profesora vio que el collar había desaparecido, se enfadó y se entristeció.

—¿Quién ha visto el collar de Laura? —preguntó.

Pero nadie contestó.

Meg tenía una mano en el bolsillo y sujetaba fuertemente el collar.

La pobre Laura no cesaba de llorar, camino de su casa. Las lágrimas que resbalaban por sus mejillas parecían lluvia.

Iba caminando junto al mar.

«¡Oh! —se decía—. ¿Qué pasará cuando le diga a mi padrino que he perdido su regalo?».

En ese momento, un pez sacó la cabeza del agua y le dijo:

—No llores, Laura. Tú me devolviste al mar cuando una ola me dejó en la arena, y yo te ayudaré a buscar tu collar.

Un pájaro voló hacia ella y le dijo:

—No llores, Laura. Tú me salvaste cuando una tormenta me arrojó sobre el tejado de tu casa y me lastimé el ala, y yo te ayudaré a buscar tu collar.

Un ratón asomó la cabeza fuera de su madriguera y le dijo:

—No llores, Laura. Tú me salvaste una vez que me caí al río, y yo te ayudaré a buscar tu collar.

Un poco más contenta, Laura se secó los ojos y preguntó:

—¿Cómo vais a ayudarme?

—Yo buscaré en el fondo del mar —dijo el pez—, y diré a mis hermanos que me ayuden.

—Yo volaré por los alrededores y miraré en los campos, en los bosques y en los caminos —dijo el pájaro—, y pediré a mis hermanos que me ayuden.

—Yo buscaré en las casas —dijo el ratón—, y diré a mis hermanos que miren en todos los rincones y armarios de cada habitación del mundo.

Y todos se pusieron manos a la obra.

¿Qué hacía Meg mientras Laura hablaba con sus tres amigos?

Se puso el collar y salió a la calle en medio de la tormenta, pero la lluvia la mojó totalmente. Y, cuando intentó detenerla aplaudiendo, la lluvia no quiso obedecerla. Se puso a llover con más fuerza que nunca.

El collar sólo obedecía a su verdadera dueña.

Meg se enfadó, pero siguió llevando el collar hasta que lo vio su padre.

—¿De dónde has sacado ese collar? —le preguntó.

—Lo encontré en el camino —contestó Meg diciendo una mentira.

—Es demasiado valioso para una niña —dijo su padre, y se lo quitó. Meg y su padre no sabían que un ratoncillo los estaba mirando a través de un agujero que había en la pared.

El ratón corrió a decir a sus amigos que el collar estaba en casa de Meg. Y regresó con diez ratones más para que le ayudaran a transportarlo. Pero cuando llegaron, el collar había desaparecido. El padre de Meg se lo había vendido a un platero por una elevada cantidad de dinero. Dos días después, un ratoncillo lo vio en la tienda del platero y corrió a decirlo a sus amigos. Pero, antes de que los ratones llegaran para cogerlo, el platero lo había vendido a un comerciante que andaba comprando regalos buenos y raros para ofrecer a la princesa de Arabia el día de su cumpleaños.

Al poco tiempo, un pájaro vio el collar y corrió a contárselo a Laura.

—El collar está en un barco que navega rumbo al mar de Arabia.

—Nosotros seguiremos al barco —dijeron los peces—, y te diremos el rumbo que toma. ¡Síguenos!

Pero Laura permaneció sin moverse en la orilla del mar.

—¿Cómo voy a poder nadar todo ese trecho sin mi collar? —dijo llorando.

—Te llevaré encima de mí —dijo un delfín—. Me has dado de comer muchas veces cuando estaba hambriento.

Así pues, el delfín la montó sobre su lomo, los peces comenzaron a nadar delante de ellos, los pájaros fueron volando por encima y, al cabo de muchos días, llegaron a Arabia.

—Y ahora, ¿dónde está el collar? —preguntaron los peces a los pájaros.

—Lo tiene el rey de Arabia y se lo va a regalar mañana a la princesa. Es el día de su cumpleaños.

—Mañana es también mi cumpleaños —dijo Laura—. ¿Qué va a decir mi padrino cuando venga para darme la décima gota de lluvia y vea que no tengo el collar?

Los pájaros depositaron a Laura en el

jardín del rey, donde durmió toda la noche bajo una palmera. La hierba estaba seca y las flores estaban marchitas, porque hacía mucho calor y no llovía desde hacía un año.

A la mañana siguiente, la princesa se dirigió al jardín para abrir sus regalos. Tenía muchas cosas maravillosas: una flor que podía cantar, y una jaula llena de pájaros con plumas verdes y plateadas; un libro que podía leer eternamente, porque no tenía última página, y un gato que podía jugar a las cunitas; un vestido plateado hecho con tela de araña, y un vestido dorado de escamas de carpa dorada; un reloj con un cuco de verdad que decía la hora, y una barca construida con una gran concha rosada. Y, entre los restantes regalos, estaba el collar de Laura.

Al ver su collar, Laura salió corriendo de la palmera y gritó:

—¡Oh, por favor! ¡Ese collar es mío!

El rey de Arabia se enfadó.

—¿Quién es esta niña? —preguntó—. ¿Quién la ha dejado entrar en mi jardín? ¡Lleváosla y arrojadla al mar!

Pero la princesa, que era una niña muy guapa, dijo:

—Espera un momento, papá.

Y dirigiéndose a Laura le preguntó:

—¿Cómo sabes que éste es tu collar?

—Porque me lo dio mi padrino. Cuando lo llevo puesto, puedo estar bajo la lluvia sin mojarme, ninguna tormenta puede hacerme daño, puedo atravesar nadando cualquier río o mar, y puedo hacer que cese de llover.

—¿Puedes hacer que llueva? —preguntó el rey.

—Aún no —dijo Laura—. No puedo hasta que mi padrino me dé la décima gota de lluvia.

—Si consigues que llueva tendrás el collar —aseguró el rey—, porque en nuestro país necesitamos mucho la lluvia.

Pero Laura se entristeció porque no podía hacer que lloviera hasta que tuviera la décima gota.

Justo en aquel momento llegó volando el Viento del Norte hasta el jardín del rey.

—¡Así que estabas aquí, ahijada! —dijo—. Te he estado buscando por todo el mundo para entregarte tu regalo de cumpleaños. ¿Dónde está tu collar?

—Lo tiene la princesa —contestó Laura, asustada.

El Viento del Norte se enfadó:

—¡No deberías habértelo quitado! —dijo, dejando caer la gota de lluvia sobre la hierba reseca, donde se perdió. Luego se alejó volando y Laura se echó a llorar.

—No llores —le dijo la amable princesita—. Te devolveré el collar, porque estoy convencida de que es tuyo.

Y pasó la cadena por la cabeza de Laura. Tan pronto como lo hizo, una de las lágrimas de Laura bajó rodando y se quedó prendida en el collar junto a las nueve gotas de lluvia, con lo que ya sumaban diez. Laura sonrió, se secó los ojos y sopló por la nariz. ¡Y ya podéis imaginaros lo que sucedió! Tan pronto como sopló por la nariz, comenzó a llover. Llovió sin parar, los árboles extendieron sus hojas y las flores abrieron sus pétalos. Se sentían muy felices ante la llegada de la lluvia.

Después de un rato, Laura aplaudió con sus manos para detener la lluvia.

El rey de Arabia estaba muy contento.

—Ése es el collar más bonito que he visto nunca —dijo—. ¿Vendrás todos los años con nosotros para que tengamos suficiente lluvia?

Laura aseguró que iría todos los años.

Luego la devolvieron a su casa en la barca de la princesa, aquella que había sido construida con una concha de color rosa. Los pájaros volaban por encima de ella y los peces nadaban por delante.

—Soy feliz por haber recuperado mi collar —dijo Laura—, pero soy aún mucho más feliz por tener tantos amigos.

¿Y qué pasó con Meg? Los ratones le dijeron al Viento del Norte que ella se había apoderado del collar, y él arrancó de cuajo el tejado de su casa y dejó que la lluvia cayera dentro. Meg quedó totalmente empapada de agua.

El gato echado en la esterilla

LOS GATOS TIENEN por costumbre echarse a descansar en una esterilla. Todo el mundo sabe que muchos gatos lo hacen, y que eso es normal. Pero en una ocasión un gato se echó sobre una esterilla y sucedió algo extraño.

Os voy a contar lo que ocurrió:

Había una vez una niña llamada Emma Pippin. Tenía las mejillas sonrosadas y el pelo castaño, y vivía con su tía Lou. Eran tan pobres que no podían comprarse una casa y vivían en un viejo autobús. El motor no funcionaba, pero era un hermoso y anticuado automóvil que les gustaba mucho. Por fuera estaba pintado de azul y por dentro de blanco. Las ventanas tenían unas cortinas de color naranja. En su interior había una estufa para calentarse, y el humo salía por una chimenea que asomaba por el techo.

El autobús estaba situado junto a un elevado muro de color blanco, que rodeaba un huerto en donde había muchos manzanos que daban unas apetecibles manzanas rojas. El huerto pertenecía a un orgulloso e importante hombre llamado Sir Laxton Superb.

Todos los días, la tía Lou cruzaba la puerta de aquel huerto, pues trabaja para Sir Laxton Superb. La tía de Emma recogía las manzanas, que luego se enviaban a las tiendas. Había tantos árboles, que cuando terminaba con el último, el primero ya tenía de nuevo manzanas.

Pero la tía Lou no podía coger para ella ni una sola manzana de las que estuvieran sanas. ¡Ni una sola! Sir Laxton Superb era un hombre muy tacaño. Sólo le dejaba coger las que no estaban sanas y sólo le pagaba un penique por día.

Por lo que respecta a Emma, ni siquiera podía entrar en el huerto. A ella le hubiera gustado entrar, porque su tía le había hablado de los árboles verdes y de las manzanas rojas, pero Sir Laxton Superb decía que los niños se comerían sus manzanas o las estropearían. Así que Emma tenía que permanecer fuera, al otro lado del muro blanco.

No tenía juguetes con los que jugar. Ella y tía Lou eran muy pobres. Por eso, la niña trabajaba duramente todo el día para mantener el autobús limpio y aseado, y preparaba la comida, para que estuviera a punto cuando la tía Lou regresara.

¿Qué cocinaba? Manzanas en mal estado. Preparaba salsa de manzanas malas, pastel de manzanas malas, tartas de manzanas malas, e incluso caramelos de manzanas malas.

Emma crecía muy rápido. Cada día era más alta. Creció tanto que su vestido se le quedó pequeño y eran demasiado pobres para comprar uno nuevo. El vestido de Emma era tan pequeño que le resultaba difícil moverse dentro de él.

—Si te quitas el vestido para lavarlo —le dijo su tía—, no creo que sea posible que te lo puedas poner otra vez. Así que te lavaré a ti con el vestido puesto.

Y así lo hizo: metió a Emma vestida en la bañera y los lavó a los dos; luego los colgó juntos a secar en el tendedero.

A continuación se marchó todo el día a buscar manzanas.

Puedes bajar de ahí cuando estéis secos tú y el vestido —le dijo.

Mientras Emma se balanceaba con la brisa, se le acercó una pobre y vieja hada. Era tan vieja que caminaba apoyándose en un bastón.

Cuando vio a Emma balanceándose en la cuerda de la ropa, se echó a reír. No paraba de reírse. Se rió tanto que estuvo a punto de caerse.

—¡Oh! —dijo cuando pudo contener la risa—. No había visto nunca a nadie en una cuerda de tender la ropa. No puedes imaginarte lo gracioso que resulta.

Emma le explicó el motivo:

—Mi vestido me está muy pequeño, por lo que mi tía lo ha lavado sin quitármelo, por miedo a que no pudiera ponérmelo después de lavarlo. Yo ya estoy casi seca, así que, si me ayudas, podré bajarme de aquí.

El hada ayudó a bajar a Emma.

—¿Quieres entrar en nuestro autobús —dijo Emma—, y tomar un poco de pastel de manzanas malas?

—Gracias —respondió el hada—, me gustaría mucho. No he entrado nunca en un autobús.

El hada encontró el autobús encantador,

y se comió tres raciones de pastel que saboreó con gusto.

—Me has tratado bien —le dijo a Emma—, así que voy a intentar ayudarte. Yo ya soy muy vieja y pobre para hacerte un buen regalo, pero voy a darte tres de mis vestidos. A mí se me han quedado pequeños, pero a ti te sentarán bien.

El hada le regaló a Emma tres vestidos, uno rojo, otro azul y otro gris.

—Y, además de los vestidos —le dijo—, te voy a regalar un gatito para que juegues con él.

El gatito se llamaba Sam, era negro y tenía los ojos verdes. A Emma le agradó desde el primer momento, porque era pequeño, suave y juguetón.

A continuación, el hada se despidió de ella y se alejó caminando lentamente con su bastón.

La tía Lou se alegró mucho cuando volvió a casa y vio los vestidos. Arregló el azul y el rojo, y los adaptó para Emma. Eran preciosos. Guardó el gris porque era un color muy triste para una niña.

Emma usaba a diario el vestido rojo, y el azul los días de fiesta.

En cuanto a Sam, dormía por la noche en la cama de Emma, junto a ella.

—Me parece —dijo Emma a tía Lou— que es un gato embrujado.

—Embrujado o no —contestó la tía—, tiene las zarpas muy sucias.

Todas las noches Sam dejaba la marca de sus pisadas negras sobre la limpia cama de Emma. En sus sábanas, en sus mantas y en su almohada. Para evitarlo, Emma hizo una esterilla con el vestido gris del hada y la colocó sobre su cama. Sam saltó sobre ella, pero en su camino pisó la almohada y dejó en ella la marca negra de sus pisadas, antes de echarse en la esterilla.

—¡Oh, querido Sam! —dijo Emma—. Deberías limpiarte las patas en la esterilla. Me gustaría que lo hicieras. ¿Qué va a decir la tía Lou cuando vuelva a casa y vea esas pisadas negras?

Cuando Emma dijo «me gustaría que lo hicieras», Sam se incorporó, miró a Emma y a continuación se restregó las patas en la esterilla.

—¡Vaya! —dijo Emma—. Debe de ser una esterilla mágica. ¿Qué otra cosa podría desear? Desearía que mi almohada no tuviera esas pisadas negras.

En aquel mismo momento, la almohada de Emma quedó limpia. Las manchas habían desaparecido.

—Ahora —dijo Emma—, desearía tener un gran pastel de carne y un poco de helado, para cuando mi tía vuelva a cenar a casa.

Al decir esto, Sam se incorporó, y al pronunciar la palabra «helado» saltó de su esterilla.

Emma miró a la mesa de la cocina y vio sobre ella un gran pastel de carne y un bloque de hielo.

—Yo quería helado y no hielo [1] —dijo Emma—. Deseo que el hielo se convierta en helado.

Pero el hielo no se convirtió en helado.

—Ya comprendo —dijo Emma—. La esterilla sólo tiene propiedades mágicas cuando Sam está echado sobre ella. ¡Sam, por favor, vuelve a tu esterilla!

Pero Sam quería salir y saltó afuera por la ventana.

—Pediré más cosas cuando vuelva Sam —pensó Emma.

Pero la tía Lou regresó antes que Sam.

Estaba disgustada, porque Sir Laxton Superb le había dicho que no quería que

---

[1] Helado es *ice cream* y hielo es *ice*. De ahí que la situación se refiera a que Sam salte de la cama antes de pronunciar *ice cream* y sólo le da tiempo a pronunciar *ice*. *(N. del T.)*

tuviese su asqueroso y viejo autobús junto a su precioso muro blanco.

—Tendrá que irse a otro sitio —le había dicho.

Por eso la tía de Emma estaba preocupada. ¿Dónde iban a trasladar su autobús? ¿Quién iba a ayudarlas? Eran demasiado pobres para poder pagar a nadie. La tía Lou estaba cansada y triste y no prestó atención a lo que le decía Emma.

—Tía, tengo una esterilla mágica —le dijo Emma.

—Sí, querida —contestó su tía. Pero, en realidad, no la estaba escuchando.

—Consigue lo que deseas —dijo Emma.

—Sí, querida —volvió a contestar sin escucharla.

—Limpió mi cama y nos proporcionó este rico pastel de carne.

—Sí, querida.

Pero la verdad es que la tía Lou no prestaba atención a lo que le decía Emma. Comió un trozo de pastel de carne, pero le preocupaba tanto el problema de cómo mover de allí el autobús, que ni siquiera lo saboreó. Era igual que si estuviera comiendo un trozo de pastel de manzanas malas.

La tía Lou no le dijo a Emma que tenían que trasladarse a otro lugar.

Las personas mayores no siempre cuentan sus problemas a los niños; pero, a veces, sería mejor que lo hicieran.

Sam no regresó a casa en toda la noche. Fue al bosque y estuvo jugando a las cuatro esquinas con las ardillas. Cuando volvió a casa, la tía Lou se había marchado ya a recoger manzanas.

Sam se subió de un salto a la esterilla, que era lo que Emma estaba esperando.

—¡Me gustaría tener un juguete! —exclamó—. Una cuerda para saltar, unos globos, una pelota, unos patines y una caja de...

En ese momento Sam saltó fuera de la esterilla. Una gran pelota roja rodaba por el suelo y Sam trataba de hacerse con ello.

Allí estaban todas las cosas que Emma había deseado. La cuerda, los globos, la pelota y los patines.

Emma había querido también pedir una caja de pinturas, pero Sam había saltado de la esterilla antes de que hubiera terminado de pedirla, así que sólo consiguió una gran caja vacía, en la que guardó los patines.

Emma pasó una mañana muy feliz. Saltó y brincó sin parar, luego estuvo patinando mucho tiempo. Más tarde, jugó en compañía de Sam, con la pelota. Y, por fin, jugaron también los dos con los globos. Sam rompió con las uñas algunos; era lógico.

Cuando dejaron de jugar, Emma y Sam estaban agotados. Sam se fue a dormir sobre su esterilla.

—Me gustaría tener una caja de pinturas —dijo Emma.

Al momento tenía una preciosa caja de pinturas sobre la mesa. Había muchos colores —rojo, azul, verde, amarillo, naranja, violeta—. Todos los colores que uno pueda imaginarse.

—¡Oh, qué pinturas más bonitas! —exclamó Emma— Voy a pintar un cuadro precioso. Me gustaría pintar el cuadro más bonito del mundo.

La niña buscó un papel, pero ninguno de los que había en el autobús era suficientemente grande para el cuadro que quería pintar.

—¡Ya sé! —pensó—. Lo pintaré en la pared blanca.

Así pues, comenzó a pintar un cuadro en la pared del huerto de Sir Laxton Superb. Al principio pintó hasta la altura que podía alcanzar, y luego se subió a una silla y pintó en la parte más alta de la pared.

¿Qué pintó Emma?

Pues pintó un cuadro que representaba el huerto que había al otro lado de la pared; los árboles muy verdes y las manzanas muy rojas. Pero como ella no lo había visto nunca, pintó también las manzanas de otros colores: rosas, amarillas, azules, doradas y naranjas. Al pie de los árboles pintó zorros, ardillas y conejos comiendo pan y mermelada. En el aire pintó pájaros volando, jugando con globos. Había también perros patinando y gatos brincando.

Era un cuadro precioso, el más bonito del mundo.

Mientras ella pintaba, Sam seguía durmiendo en su esterilla. Estaba cansado.

En ese momento apareció tía Lou en la puerta del huerto.

—¡Hola, tía! —gritó Emma—. ¡Mira qué cuadro más bonito he pintado!

Pero detrás de la tía Lou apareció Sir Laxton Superb.

—Tiene que llevarse este autobús de aquí antes de que termine la semana —iba diciendo.

Sam seguía durmiendo en su esterilla.

Tía Lou parecía muy apenada. Cuando Emma le dijo que mirase su cuadro, respondió: «Sí, querida», sin mirarlo. Pero Sir Laxton Superb sí lo vio. Y su rostro se puso rojo. Más rojo que la manzana más roja que hayáis podido ver en vuestra vida.

—¿Qué has hecho con mi preciosa pared blanca? —gritó. Estaba tan furioso que Emma pensó que iba a estallar como un globo.

—He pintado en ella el cuadro más bonito del mundo —le respondió la niña—. ¿No le gusta?

Pero a Sir Laxton Superb no le gustaba. No le gustaba lo más mínimo.

—¡Tienes que borrar todo eso! —dijo—. Y debéis marcharos en un instante. ¡Hoy! ¡Ahora mismo!

La tía Lou se echó a llorar.

—¿Y dónde vamos a ir? —preguntó.

—¡Eso a mí no me importa! —respondió Sir Laxton Superb—. ¡Me gustaría que el viento os lanzara hasta el cielo a vosotros y a vuestro asqueroso autobús!

Mientras, Sam seguía durmiendo aún en su esterilla.

En ese momento se levantó un vendaval que elevó por el aire a la tía Lou, a Emma y al autobús. Subieron y subieron hasta que aterrizaron en una hermosa nube blanca. Se cayeron todas las cosas que había dentro del autobús, pero no se rompió ninguna. Y, fijaos, Sam seguía durmiendo en su esterilla, de lo cansado que estaba por haber jugado tanto.

—¡Bueno! —exclamó tía Lou—. Pensé vivir en muchos sitios, pero nunca me imaginé que viviría en el cielo. ¿Qué vamos a comer aquí?

—Eso es fácil —dijo Emma, y deseó un pollo asado, una gran tarta helada, una jarra de leche y flan de naranja.

Claro, era fácil, porque Sam seguía durmiendo en su esterilla.

Después de comer salieron a pasear por la nube. Era blanda, como el heno de un granero. Y encontraron muchas manzanas, porque el viento había arrastrado todas las manzanas de los árboles de Sir Laxton Superb.

Desde aquel día, los árboles del huerto de Sir Laxton Superb no dieron manzanas nunca más. Y aunque intentó borrar el cuadro que Emma había pintado en su pared, no pudo.

—Si la esterilla de Sam es mágica —dijo tía Lou—, podíamos pedir que nuestro autobús se desplazara a California, o al Canadá, o a Cantón, o a las islas Canarias.

—¡Oh, no! —exclamó Emma—. Sigamos viviendo aquí.

Y así lo hicieron. Si miráis al cielo una noche oscura, quizá lleguéis a ver algún reflejo del viejo autobús que está allá arriba. Y podéis estar seguros que veréis algunas manzanas.

Hay un poco de cielo en esta tarta

ERANSE UNA VEZ un hombre viejo y una mujer vieja que vivían en un país muy frío.

Un día de invierno, el hombre le dijo a la mujer:

—Querida, hace tanto frío que me gustaría mucho que hicieras una buena tarta de manzana, bien caliente.

Y ella le contestó:

—Sí, querido, voy a hacer la tarta que me pides.

Así pues, tomó el azúcar, las especias y la manzana y las puso en una fuente. Luego, con azúcar, manteca y agua, comenzó a preparar la masa para recubrir la tarta. Mezcló la manteca con la harina, hizo con ello una bola y la estiró con un rodillo.

Mientras hacía esto, su marido le dijo:

—Mira por la ventana. Está comenzando a nevar.

Y ella, al mirar por la ventana, vio que la nieve caía del cielo con fuerza.

La señora siguió amasando la pasta para la tarta. Pero ¿qué creéis que sucedió? Pues que un trozo de cielo que ella había mirado quedó atrapado en la masa y el rodillo lo aplastó contra ella, de la misma forma que una camisa es alisada con una plancha. Así que, cuando la mujer extendió la masa y cubrió con ella la fuente, había dentro un trozo de cielo. Pero ella no lo sabía. Colocó la tarta en el horno y en seguida comenzó a despedir un olor apetitoso.

—¿Es hora de comer? —preguntó su marido.

—¡En seguida! —le respondió—. Voy a ir poniendo los cubiertos y los platos sobre la mesa.

—¿Es ya la hora de comer? —volvió a preguntar su marido.

—Sí —le dijo, y abrió la puerta del horno.

—¿Qué creéis que sucedió? Pues que la tarta era tan ligera, a causa del trozo de cielo que contenía, que salió del horno elevándose por el aire y siguió flotando por la habitación.

—¡Detenla! ¡Detenla! —gritó la mujer.

Ella intentó sujetarla y él también, pero la tarta salió por la puerta y ellos corrieron detrás hacia el jardín.

—¡Súbete encima! —gritó el marido, y ambos se subieron de un salto encima de la tarta.

Pero la tarta era tan ligera que los llevó por el aire, a través de los copos de nieve que caían del cielo.

Su gatito blanco y negro, Whisky, estaba subido en el manzano viendo nevar.

—¡Detennos! ¡Detennos! —le gritaron a Whisky.

Éste saltó a la tarta, pero pesaba muy poco para poderla detener, así que siguió avanzando en medio de la nevada. Cada vez subían más y más. Los pájaros les preguntaron:

—Mujer vieja, hombre viejo y gatito, que vais tan alto, volando sobre vuestra tarta de manzana, ¿por qué flotáis en el cielo?

Y ella respondió:

—Porque no podemos evitarlo, eso es todo.

Así siguieron y llegaron hasta un aeroplano que se había quedado sin gasolina. Allí estaba, parado en mitad del cielo, con el piloto dentro muerto de frío. Este les gritó:

—Mujer vieja, hombre viejo y gatito, que vais tan alto, volando sobre vuestra tarta de manzana, ¿por qué flotáis en el cielo?

Y ella le respondió de la misma manera:

—Porque no podemos evitarlo, eso es todo.

—¿Puedo ir con vosotros? —preguntó el piloto.

—Sí, claro que sí.

Así que se subió a la tarta y se fue con ellos, flotando en el aire.

Siguieron aún un poco más y vieron un pato que se había olvidado de volar y que estaba en medio de una nube. El pato les dijo:

—Mujer vieja, hombre viejo, gatito y piloto, que vais tan alto, volando sobre vuestra tarta de manzana, ¿por qué flotáis en el cielo?

Y la señora volvió a responder:

—Porque no podemos evitarlo, eso es todo.

—¿Puedo ir con vosotros?

—Sí, claro que sí.

Así que el pato se subió a la tarta y también los acompañó en el viaje.

Siguieron un poco más y cruzaron por encima de una elevada montaña. En su cima había una cabra que se había extraviado. La cabra les dijo:

—Mujer vieja, hombre viejo, gatito, piloto y pato, que vais tan alto, volando sobre vuestra tarta de manzana, ¿por qué flotáis en el cielo?

Y otra vez la mujer volvió a repetir la misma respuesta:

—Porque no podemos evitarlo, eso es todo.

—¿Puedo ir con vosotros?

—Sí, claro que sí.

Así que la cabra se subió también a la tarta.

Avanzaron un poco más y llegaron a una gran ciudad, con edificios muy, muy elevados. Y, en lo alto de uno de los edificios, había un elefante triste, malhumorado y nostálgico, que miraba triste y enojado a la nieve. El elefante les dijo:

—Mujer vieja, hombre viejo, gatito, piloto, pato y cabra, que vais tan alto volando sobre vuestra tarta de manzana, ¿por qué flotáis en el cielo?

Y al igual que en las anteriores ocasiones, ella dijo:
—Porque no podemos evitarlo, eso es todo.
—Vuestra tarta huele de forma tan apetitosa y sabrosa que me recuerda mi país —dijo el elefante—. ¿Puedo ir con vosotros?
—Sí, claro que sí.
Así que el elefante se subió a la tarta y continuaron el vuelo. Pero el elefante pesaba tanto que hizo que la tarta se inclinara hacia un lado.
Hicieron tan largo recorrido que dejaron atrás el frío y la nieve y llegaron donde el clima era cálido. Debajo de ellos había un mar muy azul y en él había muchas islitas de arena blanca y árboles verdes.
Después de tanto tiempo, la tarta había comenzado a enfriarse y, a medida que se enfriaba, bajaba y bajaba.
—Descendamos en una de esas preciosas islas —dijo el hombre viejo—. Tienen arena blanca, árboles verdes y muchas flores por todas partes.
—Sí, bajemos —dijeron todos a un tiempo.
Pero los habitantes de la isla los vieron llegar y colocaron una enorme señal que decía: «prohibido aparcar tartas».

Así que siguieron un poco más y se acercaron a otra isla. Pero sus habitantes colocaron también un letrero muy grande que decía: «prohibido aparcar tartas».

—¡Oh, Dios mío! —dijo la mujer—. ¿Es que nadie nos va a dejar bajar?

En ese momento, la tarta estaba tan fría que cayó al mar.

—Ahora estamos estupendamente —dijo el marido de la señora—, porque nuestra tarta es una isla preciosa.

—¡No hay árboles! —exclamó ella.

—¡No hay flores! ¿Y qué vamos a comer y beber?

Pero el sol era tan cálido que pronto crecieron unos espléndidos manzanos, con hojas verdes, flores rosas y manzanas rojas. La cabra les dio leche, el pato les dio huevos y Whisky, el gato, pescó peces en el mar. Y el elefante, con su trompa, cogió manzanas de los árboles para ellos.

Desde este momento, todos vivieron felizmente en la isla y nunca más regresaron a casa.

Y todo esto sucedió porque la viejecita hizo una tarta con un trozo de cielo dentro.

Los duendes en la estantería

ERASE UNA VEZ una niña que se llamaba Janet. El día de su cumpleaños tuvo muchos regalos: una bicicleta roja, un par de patines, una cuerda para saltar y muchos libros. Pero no se puso muy contenta; Janet no era feliz.

¿Por qué? Pues porque su madre estaba lejos, visitando a su abuelita enferma. Y su padre, que era maquinista, había tenido que irse para conducir su tren. Así que Janet iba a estar sola aquella noche.

Su padre le había dado una cena estupenda: pan y mantequilla, azúcar moreno y un vaso de leche cremosa. Luego la acostó y le dijo:

—Cierra los ojos y duérmete. Antes de que te des cuenta, será mañana y yo estaré en casa para la hora del desayuno.

Y después se fue a trabajar.

Janet cerró los ojos, pero en seguida los volvió a abrir. No le gustaba estar sola.

—¡Oh! —suspiró—. Me gustaría tener alguien con quien hablar.

En ese momento escuchó un ruido extraño. ¿Qué podía ser?

Plis-plas, tip-tap, fru-fru, tip-tap. Janet prestó atención. El ruido procedía de la habitación contigua. De nuevo oyó el mismo ruido: plis-plas, tip-tap, fru-fru, tip-tap. Janet saltó de la cama y se acercó de puntillas a la otra habitación.

¿Qué imagináis que vio?

Los libros que le acababan de regalar estaban abriéndose, y de ellos salían todos sus personajes. Había un libro sobre duendes, y de él salían corriendo todos los duendes, saltando «a la una, la mula» y subiéndose por las estanterías. Otro libro trataba de sirenas, y las sirenas salían nadando y se metían en la bañera. De otro que contaba la historia de unos pingüinos, salían pingüinos andando de la forma tan cómica como lo hacen ellos, y se subían a la nevera. También había focas que surgieron de otro libro. Las focas palmoteaban con sus aletas y se empujaban unas a otras hacia la pila de fregar.

18

Así que cuando Janet miró, vio:

duendes en la estantería,
sirenas en la bañera,
pingüinos en la nevera,
conejos en la carbonera,
pavos reales sobre la mesa y
focas en el fregadero.

¿No era un espectáculo divertido, capaz de sorprender a cualquiera?

—¿Quiénes sois vosotros? —preguntó Janet—, ¿y qué estáis haciendo aquí?

—Hemos venido para jugar contigo, y así no estarás sola.

La niña nunca había tenido tantos compañeros de juego. ¿Con quién jugaría primero? ¿Con los duendes de la estantería que estaban jugando al fútbol con una canica? ¿Con las sirenas de la bañera que subidas en la esponja de Janet flotaban en el agua? ¿Con los pingüinos de la nevera que patinaban sobre un trozo de hielo? ¿Con los conejos de la carbonera que estaban jugando al escondite? ¿Con los pavos reales que desde la mesa observaban todo con tranquilidad? ¿Con las focas que dentro del fregadero jugaban a salpicar agua?

Janet jugó primero con los duendes. Luego, con las sirenas. Después, con los pingüinos. A continuación, con los conejos. Más tarde, con los pavos reales. Y, finalmente, con las focas.

Después de jugar con todos ellos, oyó una voz detrás de ella, que decía:

—¡Nadie quiere jugar conmigo!

La niña miró hacia atrás. Allí había, frente al fuego, un tigre. Había salido del último libro del montón. El tigre era grande, tenía unos bigotes muy largos, una cola larguísima, y su piel tenía dibujadas rayas negras y amarillas.

—Hazme cosquillas en la cola —dijo—. Y yo, te agarraré.

—No queremos que nos lleves—dijeron los duendes—, porque eres muy bruto.

Pero él se llevó a los duendes que había en la estantería.

—No queremos que nos lleves—dijeron las sirenas, pero el tigre las sacó de la bañera.

—No queremos que nos lleves—gemían los pingüinos, pero él los bajó de encima de la nevera.

—No queremos que nos lleves—chillaron los conejos, pero él los sacó de la carbonera.

—No queremos que nos lleves, aullaron las focas, pero las sacó del fregadero.

—No queremos que nos lleves —gritaron los pavos reales, pero también los bajó de la mesa.

Todos estaban malhumorados, y algunos duendes lloraban.

—Tigre —dijo Janet—, eres demasiado violento. Deberías jugar con más dulzura.

—¡Dile que se vuelva a su libro! —gritaron todos los animales.

Janet estaba de acuerdo, tomó el libro y dijo:

—¡Malo! ¡Eres un tigre malo! ¡Vuelve dentro de tu libro!

El animal la miró con tristeza.

—Yo sólo quiero correr —dijo—, porque:

—yo puedo correr
más rápido que el viento,
más rápido que la tempestad,
más rápido que las nubes más [veloces
que se mueven en el cielo.

—Por favor —dijo el tigre a Janet—, ¿puedo salir a correr un poco? Si me dejas, después estaré tranquilo, seré bueno y no trataré de llevar a los demás.

—Es mejor que vaya yo contigo —dijo Janet—, y así te vigilaré.

De acuerdo, súbete encima de mí y hazme cosquillas en la cola.

Y así lo hizo. Janet se subió encima de él y le hizo cosquillas en la cola. El tigre salió corriendo por la puerta, bajó las escaleras y siguió corriendo por la calle y por el parque, rápido, muy rápido. Corría más que nadie.

Y, mientras corría, cantaba:

—Yo puedo correr
más rápido que el viento,
más rápido que el tiempo,
más rápido que las nubes más velo-
[ces
que cruzan el cielo.

En ese momento se encontraron a un hombre que tenía un pie de cristal, que les dijo:

—¡Oh, por favor! Se me ha volado el sombrero. ¿Podéis alcanzármelo? Si me pongo a correr podría romperse mi pie de cristal.

—¡Bah! —dijo el tigre—. Yo puedo alcanzar fácilmente tu sombrero.

Y salieron en persecución del sombrero

por el parque, lo alcanzaron y se lo devolvieron a su dueño. Este les quedó muy agradecido.

Un poco después, vieron a una mujer que les dijo:

—Por favor. ¿Podéis ayudarme? Yo soy de Mañana, pero me he quedado retrasada. ¿Podríais acercarme a Mañana?

—Eso es fácil —dijo el tigre— porque:

—Yo puedo correr
más rápido que el viento,
más rápido que el tiempo,
más rápido que las nubes más velo-
[ces
que cruzan el cielo.

—Súbete encima de mí, junto a Janet, y hazme cosquillas en la cola.

Y así lo hizo la mujer; se subió encima de él y le hizo cosquillas en la cola. El animal salió corriendo por el campo y alcanzó fácilmente a Mañana, dejando a la señora en el lugar al que pertenecía.

—Gracias —dijo ella—. Os mandaré una postal desde Mañana.

Más tarde vieron a un muchacho que les dijo:

—¡Socorro! Me persigue un pandaconda [1] del circo porque le tiré de los bigotes. ¡Salvadme!

—¡Eso es fácil! —volvió a decir el tigre—. Súbete encima de mí y hazme cosquillas en la cola.

El niño le obedeció y el tigre salió disparado al momento. ¡Corría más que nadie! Al principio, el pandaconda fue tras ellos resoplando, pero pronto se cansó y se fue a dormir al lugar que le correspondía en el tiovivo.

—¡Gracias por salvarme! —dijo el muchacho, dándole a cada uno una nuez, al tiempo que se bajaba al pasar junto a su casa.

En ese instante, Janet se sorprendió ante lo que vio y dijo:

—¡Dios mío! Ese es el tren en el que mi padre vuelve a casa. ¡Rápido! Regresemos en seguida, porque si él llega antes que nosotros se preguntará dónde estoy.

—¡Eso es fácil! —repitió una vez más el tigre—. Yo gano a correr a un tren siempre, porque:

---

[1] Figura de madera que representa un oso, de un tiovivo. *(N. del T.)*

—Yo puedo correr
más rápido que el viento,
más rápido que el tiempo,
más rápido que las nubes más velo-
[ces
que cruzan el cielo.

—Sólo tienes que hacerme cosquillas en la cola, ya lo sabes.

Así lo hizo la niña y regresaron a toda velocidad, corriendo por el campo y por la ciudad, por entre las casas y las iglesias, por encima de las montañas y los ríos, a través del parque y por la calle, hasta que al fin entraron por una ventana de la casa de Janet.

—¡Rápido! —gritó—. Tenéis que volver todos a vuestros libros, porque mi padre está a punto de regresar a casa. Los otros animales seguían jugando y había:

duendes en la estantería,
sirenas en la bañera,
pingüinos en la nevera,
conejos en la carbonera,
pavos reales sobre la mesa
y focas en el fregadero.

—Volveré a jugar con todos vosotros mañana por la noche —prometió Janet.

Les fue ayudando a meterse en sus libros (el tigre fue el que más trabajo le costó por lo grande que era), y salió corriendo hacia el otro cuarto, se metió en la cama y cerró con fuerza los ojos.

Al momento estaba dormida.

Lo primero que vio al despertar fue a su padre preparando el desayuno. Después de desayunar, Janet fue a ver sus libros, pero éstos estaban tranquilos y no decían nada. Si no hubiera sido por una pequeña, pero pequeñísima señal de pisada que había en una balda de la estantería, una minúscula escama dorada que quedó en la bañera, una pluma muy pequeñita que apareció en la nevera y un pelo de bigote de tigre tirado en la alfombra, nadie se hubiera imaginado nunca que había habido:

duendes en la estantería,
sirenas en la bañera,
pingüinos en la nevera,
conejos en la carbonera,
pavos reales sobre la mesa,
focas en el fregadero

y un gran tigre rayado sentado frente al fuego...

Los tres viajeros

HABÍA UNA VEZ una diminuta estación de ferrocarril en medio de un enorme desierto. A ambos lados de ella y en todo lo que se alcanzaba a ver y aún más, se extendía la arena en todas las direcciones. Más allá había una pradera y, tras la pradera, había valles y montañas. A través de todas estas tierras corría el tren en ambas direcciones constantemente, quién sabe hacia dónde.

El nombre de la estación era Desierto. Constaba sólo de un edificio en el que vivían tres hombres. El señor Smith, el guardavía; el señor Jones, el mozo de estación, y el señor Brown, el revisor.

Pensaréis seguramente que resulta absurdo que hubiera tres hombres empleados en una pequeña estación, pero la gente que dirige el ferrocarril sabe que si se dejan dos hombres solos en un lugar aislado, acaban peleándose; pero si se dejan tres, dos de ellos pueden criticar al tercero y así se entretienen y no discuten.

Estos tres hombres eran bastante felices, porque no tenían esposas que se quejaran del polvo del desierto, ni hijos que los importunaran para que les contaran cuentos o para que los llevaran a cuestas. Pero no eran completamente felices y la razón era la siguiente:

Todos los días, largos trenes cruzaban rugiendo el desierto, de oeste a este y de este a oeste. Parecían más y más grandes a medida que se acercaban a la estación, y más y más pequeños a medida que se alejaban a gran velocidad, pero nunca se detenían. Nadie quería bajarse en Desierto.

—¡Oh! —se lamentaba el señor Smith—. ¡Si al menos pudiera usar mis señales una vez! Todos los días las engraso y las limpio, pero en los últimos quince años no he tenido ni una oportunidad de manejar la palanca y detener un tren. ¡Es como para destrozar el corazón de cualquiera!

—¡Oh! —suspiraba el señor Brown—. ¡Si al menos pudiera picar un billete, aunque sólo fuese una vez! Mi taladradora de billetes está siempre limpia y reluciente, pero ¿para qué? En quince años, ni una sola vez he tenido la oportunidad de perforar un billete con ella. El ingenio de cualquiera se olvida en este lugar.

—¡Oh! —se lamentaba el señor Jones—. ¡Si al menos pudiera llevar el equipaje de alguien! En las estaciones de las grandes ciudades, los mozos son ricos por las propinas que les da la gente; pero, ¿cómo puede nadie hacerse rico aquí? Todos los días por la mañana hago mis flexiones para mantenerme fuerte y en forma, pero en quince años no he tenido la oportunidad de transportar ni siquiera una sombrerera. ¡Aquí no hay la menor oportunidad para nadie!

Además, había otra cosa que disgustaba a aquellos tres hombres. Tenían un día libre a la semana (el domingo no pasaba ningún tren), pero no había nada que hacer, ni ningún sitio a donde ir. La parada más próxima de Desierto estaba a más de mil kilómetros de distancia, e ir tan lejos costaría más del salario de una semana. E, incluso, si uno tomaba el último tren un sábado por la noche, no podía viajar todo aquel camino, ir al cine por ejemplo, y estar de vuelta el lunes por la mañana. Así, pues, los domingos se sentaban en el andén de la estación. Se aburrían mucho y deseaban que fuese lunes.

Pero un día, el señor Jones contó cuidadosamente sus ahorros y dijo:

—Amigos, vuestros deseos van a convertirse en realidad. Yo he ahorrado bastante para tomarme unas vacaciones de una semana. El señor Smith puede colocar la señal para que se detenga un tren y el señor Brown picará mi billete. Yo voy a ver el mundo, iré lo más lejos que el tren pueda llevarme.

Los otros dos hombres estaban muy excitados. El señor Smith se pasó toda la noche engrasando sus palancas, y el señor Brown eligió su billete más grueso y mejor cortado y limpió su máquina de perforar. Iba a ser un buen momento cuando por la mañana, el tren, en lugar de pasar rugiendo por la estación de Desierto, se detuviera chirriando, para que subiera el señor Jones.

El mismo colocó en el vagón su equipaje, se subió, se despidió de sus amigos y, después de decirles que regresaría el sábado, se dirigió hacia el este.

A mitad de la semana recibieron una postal del señor Jones, arrojada desde un tren que pasaba, en la que les decía que estaría de vuelta el sábado en el tren del mediodía. Por eso, un par de horas antes, el señor Smith movió la palanca para colocar la señal de «Stop». El y el señor Brown habían pasado todos sus ratos libres aquella semana, sentados bajo un cactus espinoso, imaginando lo que el señor Jones les contaría de su viaje cuando regresara y qué regalos les traería.

En cuanto se detuvo el tren, el señor Jones descendió, y el señor Brown tomó su billete, mientras el señor Smith hacía la señal para que el tren prosiguiera su marcha. Luego, prepararon el café y se sentaron a escuchar la historia del viajero.

—¡Hermanos! —dijo—. ¡El mundo es un lugar muy grande! El tren me llevó tan lejos que no podré recordar todo lo que he visto. Me bajé en una ciudad mayor que todo este desierto. ¡Vaya! La misma estación era tan grande como una ciudad, con tiendas, cines, hoteles y restaurantes. Había hasta un circo. Así que no me molesté en ir a la ciudad. Me quedé en la estación y puedo aseguraros que lo he pasado muy bien. Os he traído estas cosas.

Y sacó con cuidado sus regalos. Para el señor Smith trajo un pisapapeles que representaba un rascacielos; para el señor Brown, una caja con un dibujo en la tapa que reproducía una estación enorme y muy bonita. Se quedaron encantados.

La semana siguiente, el señor Smith contó su dinero y dijo:

—¡Hermanos! De nuevo tenéis suerte, porque he ahorrado suficiente dinero para irme de vacaciones y voy a tomar el tren del oeste e ir hasta donde él vaya.

—Pero ¿quién se ocupará de las señales? —objetó el señor Jones.

—El señor Brown; le he estado enseñando toda la semana.

Así pues, el señor Brown sacó otro de sus mejores billetes para el señor Smith y se dirigió hacia las señales. El señor Jones tomó la maleta del señor Smith y la colocó en el tren, y el señor Smith le dio una espléndida propina. Subió al tren y se alejó.

El sábado siguiente regresó muy sorprendido. Tan pronto como el tren reanudó su marcha, prepararon un poco de café y se sentaron para escuchar su historia.

—¡Caramba! —dijo el señor Smith— ¡El mundo es mucho mayor de lo que había pensado! Hemos atravesado tantos territorios que me he olvidado de la mitad de ellos. Pero, al final del viaje, atravesamos una cadena de montañas tan altas que creí que llegaríamos a tocar la luna. La montaña tenía pinos muy altos y nieve que parecía un manto de sal. Luego, el tren comenzó a descender, pensé que los frenos iban a fallar y que caeríamos por un precipicio. Al fin llegamos al mar y allí nos detuvimos. Amigos míos, el mar es mucho mayor que este desierto. Mirad lo que os he traído.

Al señor Brown le trajo una concha color perla; al señor Jones, un gran trozo de cristal de roca blanco y resplandeciente. Ambos encontraron preciosos sus regalos.

A continuación, le preguntaron al señor Brown:

—¿Cuándo vas a tomar tus vacaciones?

El señor Smith le aconsejaba: «¡Ve a las montañas! ¡Ve a las montañas y al mar!», pero el señor Jones argumentaba: «¡No, ve a la ciudad! La ciudad es mucho más bonita y fascinante». Así que comenzaron a discutir y a dar voces.

Pero el señor Brown era un hombre muy tranquilo y, después de pensar un rato, dijo:

—No me seduce un viaje tan largo en tren. El tren me marea. Además, vosotros habéis estado en esos sitios y me habéis contado cómo son. Yo quiero ir a algún lugar diferente.

—Pero no hay ningún otro sitio donde

ir —le dijeron—. El tren sólo va en dos direcciones, este y oeste.

—Iré al norte —dijo el señor Brown, que ya comenzaba a preparar una bolsa pequeña en la que puso un poco de pan, queso y una botella de cerveza.

—¿Cómo vas a ir al norte?

—Caminando. A pie —dijo el señor Brown.

Cuando llegó el domingo, cruzó los raíles del tren y se alejó andando. Era muy temprano.

El señor Jones y el señor Smith vieron su figura alejarse en línea recta, a través de la arena amarillenta, haciéndose más y más pequeña, hasta que desapareció de su vista. Al principio, mientras duró el rocío sobre la arena, sus pisadas destacaban claras y nítidas; pero luego, a medida que el sol iba calentando, se fueron desmoronando y desaparecieron como si la arena se derritiera al sol igual que la nieve.

—¿Le volveremos a ver? —se preguntaron el señor Jones y el señor Smith.

Pero a la caída de la tarde, cuando el sol estaba ya bajo, divisaron una manchita a lo lejos que se acercaba y, cuando estuvo suficientemente cerca, comprobaron que

era el señor Brown. Sus ojos resplandecían y su rostro estaba lleno de alegría.

—Bueno, ¿qué ha sucedido? —le preguntaron.

Prepararon un poco de café y se sentaron a tomarlo.

—Cuéntanos dónde has estado y qué has visto.

—¡Hermanos! —dijo el señor Brown—, a dos horas de camino de esta estación encontré un oasis. En él hay un manantial de agua fresca, hierba verde y flores, naranjos y limoneros. Os he traído estos regalos.

Al señor Jones le dio una enorme y jugosa naranja; al señor Smith, un ramo de hojas, ligeras como plumas, y flores.

Si alguna vez pasáis por la estación de Desierto un domingo, no os sorprendáis si no encontráis a nadie. Los tres hombres estarán a dos horas de distancia de allí, tumbados en la hierba, disfrutando del aire fresco y escuchando el canto de los pájaros.

En el letrero de la estación, bajo la palabra «Desierto», se ha añadido: «Al Oasis».

Una cama para pasar la noche

HABÍA UNA VEZ cuatro amigos que viajaban por todo el mundo cantando e interpretando tonadas. Se llamaban Los Gorgojos. El mayor, Zeno Gorgojo, era griego y tocaba la cítara. Le seguía en edad Ian O'Gorgojo; era irlandés y tocaba el arpa. A continuación, Spiqueneau Gorgojo, era francés y tocaba el triángulo. El último y más joven, Dunnoo Gorgojo, era indio y tocaba un gran tambor.

Tenían un viejo coche en el que viajaban a través de junglas, cruzaban desiertos, subían montañas y atravesaban valles. Dondequiera que fueran, cantaban y tocaban, y la gente les daba comida o dinero. Y aunque su coche era tan antiguo que se estropeaba a menudo, Dunnoo era tan listo que siempre se las arreglaba para hacerle andar de nuevo.

Pero un día de invierno, mientras atravesaban un río helado de un país inhóspito, el hielo se resquebrajó debajo de ellos y el coche comenzó a hundirse lentamente en el agua helada, hasta que desapareció. Los cuatro amigos tuvieron tiempo suficiente para ponerse a salvo, junto con la cítara, el arpa, el triángulo y el tambor.

¿Qué iban a hacer?

El viento soplaba, caía la nieve y la ciudad más próxima estaba a muchos kilómetros de distancia. Además, la noche comenzaba a caer y el cielo se volvía cada vez más oscuro.

A un lado del río había un nido de grulla, construido con cañas y juncos secos y recubierto de plumas blandas y mullidas. Parecía muy abrigado y confortable, pero, cuando se acercaron a él, la grulla sacó la cabeza con su largo y afilado pico y les chilló:

—¡Kaaaa! ¡Fuera de aquí!

—Por favor, amable grulla, ¿podemos pasar la noche en tu cálido nido? Estamos helados, mojados y hambrientos.

—¿Qué me ofrecéis a cambio?

—Podemos cantar y tocar para ti.

—Eso no me sirve para nada. No tengo

sitio para vosotros —dijo la grulla—. Marchaos antes de que os pique.

Así que comenzaron a subir la colina, hundiéndose en la nieve. Al poco tiempo, llegaron a la cueva de un oso. El oso, de color castaño, cubierto de pieles, y tan grande como un caballo, estaba acurrucado dentro, muy abrigado sobre un lecho de hojas secas. Cuando escuchó a los cuatro amigos que se acercaban, gruñó fieramente.

—Por favor, amable oso, ¿podemos pasar la noche en tu cálida cueva? Estamos helados, mojados, hambrientos y cansados.

—¿Qué me ofrecéis a cambio?

—Podemos cantar y tocar para ti.

—¡Grrr! ¡Ni hablar de eso! —gruñó el oso—. Además, podéis robar mis nueces. ¡Marchaos antes de que os muerda!

Así que los cuatro amigos siguieron subiendo la colina. Cada vez se hacía más de noche.

Poco después, llegaron a una casita de madera.

—¡Gracias a Dios! —dijo Zeno—. Cualquiera que viva aquí nos dará una cama para pasar la noche.

Así pues, llamaron a la puerta.

Un perro comenzó a ladrar furiosamente, y un viejecillo abrió la puerta. No pareció contento de verlos.

—Por favor, amable señor, ¿podemos pasar la noche en tu confortable casa? Estamos helados, mojados, hambrientos, cansados y sedientos.

—¿Qué me ofrecéis a cambio?

—Podemos cantar y tocar para ti.

—¿Y qué me importa a mí eso? —dijo el viejecillo—. Sólo tengo una cama, una silla y un huevo, que voy a freír para la cena. No hay sitio para vosotros.

Y el viejecillo cerró la puerta de golpe.

Los cuatro amigos siguieron entristecidos su camino.

Fuera de la casita había un pozo con un cubo colgando. Estaban tan sedientos que Ian dijo:

—Por lo menos, ese viejo no nos negará un poco de agua.

Y comenzó a tirar de la cuerda para subir el cubo—. ¡Caray! ¡Cómo pesa!

En el momento que sacaba el cubo, el perro del viejecito se dirigió corriendo y ladrando hacia ellos y chocó contra el cubo. De éste salió rodando un objeto redondo y blanco, mayor que un balón de *rugby*. Antes de que tuvieran tiempo de ver qué era, el objeto rodó por la ladera de la colina.

El viejecito asomó la cabeza por la puerta.

—¡Marchaos! —gritó—. ¡Salid de mi jardín si no queréis que coja la escopeta!

Al oír esto, los cuatro amigos se alejaron apresuradamente.

Cuando llegaron a lo más alto de la colina, una extraña aparición se ofreció a sus ojos.

Había allí una casita apoyada sobre una pata. Esta era amarilla y llena de escamas, como la pata de un pollo, y la casa estaba totalmente cubierta de plumas. Llamaron a la puerta y una viejecita se asomó a ella y miró hacia abajo.

—Bien —dijo—. ¿Qué queréis?

—Por favor, amable señora, ¿podríamos pasar la noche en tu acogedora casa? Estamos helados, mojados, hambrientos, sedientos, cansados y desvalidos.

—¿Qué me ofrecéis a cambio?

—Podemos cantar y tocar para ti.

—Eso no es bastante —dijo ella—. Si encontráis el huevo que puso mi casa hoy, y que alguien ha robado mientras yo dormía, tendréis una cama para pasar la noche.

—¿Cómo es ese huevo?

—Es redondo y blanco, y tan grande como la luna de otoño; lo iba a freír para cenar.

—¡Yo sé dónde está! —dijo Dunnoo—. Lo debió robar el viejecito y lo escondió en el cubo. Bajó rodando la colina. Lo encontraremos para ti.

Así pues, bajaron rápidamente la colina de nuevo. Al pasar junto a la casa del viejecito, éste los amenazó con el puño; pero no salió fuera. La luna había salido ya, y encontraron el rastro que había dejado el huevo sobre la nieve al rodar por la ladera de la colina.

Mientras rodaba, la nieve se fue adhiriendo al huevo y éste fue creciendo más y más, más y más, convirtiéndose en una enorme bola de nieve. Rodó hasta que llegó al interior de la cueva del oso, despertándolo y cascando todas sus nueces. En el momento en que la empujaba fuera, lleno de rabia, llegaron los cuatro amigos.

—¿Habéis sido vosotros los que habéis dejado caer rodando una bola de nieve para que entrara en mi cueva? —gruñó el oso—. Ha cascado todas mis nueces, desperdigado todas mis hojas y me ha despertado. ¡Esperad que os ponga mis zarpas encima!

Iba a lanzarse sobre ellos, pero Ian colocó rápidamente su arpa en la entrada de la cueva, tapándola. Todo lo que el oso pudo hacer fue arañar las cuerdas con sus largas uñas, produciendo un sonido tan dulce que en seguida comenzó a cabecear y sus ojos se cerraron.

—¡De prisa! —susurró Ian—. Se quedará dormido en seguida. Id vosotros, que yo permaneceré aquí para mantenerlo tranquilo.

Y se puso a cantarle en voz baja al oso.

Los otros tres reemprendieron su camino hacia el pie de la colina.

El enorme huevo envuelto en nieve había seguido rodando, y chocó contra el nido de la grulla lanzándolo al río.

La grulla estaba furiosa.

—¿Así que habéis sido vosotros, malditos, los que habéis dejado rodar esa bola contra mi nido? —chilló—. ¡Esperad que os ponga las garras encima!

La grulla extendió sus alas y se lanzó contra ellos con su largo y afilado pico. Pero Spiqueneau saltó a un lado y colocó frente a la grulla el triángulo, de forma que metió la cabeza dentro y quedó atrapada.

—¡De prisa! —dijo a los otros—. Id

junto al río a ver si encontráis el huevo. Y se puso a hacerle cosquillas a la grulla bajo la barbilla, cantándole una canción para tranquilizarla.

Los otros dos salieron corriendo por la orilla del río y, gracias a Dios, allí estaba el nido de la grulla flotando y, dentro de él, el huevo de la viejecita. Zeno alargó su cítara y Dunnoo los palillos de su tambor, acercaron a la orilla el nido y lo colocaron en un sitio seco.

Luego, Spiqueneau liberó a la grulla, que se dirigió enfurruñada a su nido y se puso a repararlo. Estaba tan ocupada que no prestó ninguna atención a los tres amigos, que comenzaron a subir de nuevo apresuradamente la ladera de la colina. Cuando llegaron a la cueva, el oso estaba completamente dormido, por lo que Ian quitó el arpa de la entrada y ayudó a los demás a transportar el huevo. Mientras subían les parecía cada vez más pesado.

Cuando pasaron frente a la casa del viejecito, éste se había acostado ya sin cenar.

Por fin llegaron a la casa de la viejecita y llamaron a la puerta.

La viejecita se asomó.

—Bien —dijo—. ¿Habéis encontrado mi huevo?

—Sí, aquí está.

—¡Ah! Pero está roto —dijo ella—. Quitadle la nieve para que pueda verlo.

Una vez que quitaron la nieve, vieron que tenía una grieta enorme. Mientras la miraban, la grieta se fue agrandando más y más, hasta que el huevo quedó dividido en dos mitades. Y de él salió otra casa con una pata idéntica a la de la casa de la mujer.

—Yo no puedo comerme eso para cenar —dijo la viejecita, metiéndose en su propia casa.

—Pero nos prometiste una cama para pasar la noche.

—¿Sí? —dijo la viejecita—. ¿Y de qué os quejáis? Ahora tenéis una casa entera para vosotros solos.

Y cerró de golpe la puerta de su casa.

Los Gorgojos estaban tan contentos que se pusieron a tocar y a cantar. Y su casita se puso a bailar alegremente sobre su única pata. Luego se subieron a ella y se dispusieron a dormir.

Y, al día siguiente, la casa se fue brincando con ellos, por las montañas, los valles y las llanuras, a cualquier parte que los cuatro amigos quisieran ir.

La colcha de retales

ALLÁ EN EL NORTE, donde nieva trescientos días al año y donde todos los árboles son árboles de Navidad, había una anciana, la señora Noot, que hacía trabajos con retales. Tenía cajas, cestos, bolsas y paquetes repletos de una infinidad de trozos de tela triangulares de todos los colores del arco iris. Había trozos rojos, azules, rosas y dorados. Algunos tenían flores, otros eran de colores lisos.

La señora Noot cosió doce retales y formó con ellos una estrella. Luego cosió varias estrellas para formar otras mayores. Y, por último, cosió a todas entre sí. Utilizaba para coser hilos de oro, de plata, blanco y negro.

¿Que suponéis que estaba haciendo?

Pues estaba haciendo una colcha para la cama de su nietecito Nils. Casi había terminado. Cuando cosiera la última estrella, el pequeño Nils tendría la colcha más grande, más alegre, más cálida y más bonita de todo el país del norte, quizá del mundo entero.

Mientras su abuela cosía, el pequeño Nils estaba sentado junto a ella y miraba la forma en que la aguja se introducía y salía de los trocitos de colores, formando pequeñas costuras.

A veces preguntaba:

—¿Estás acabándola, abuela?

Le había hecho esta pregunta todos los días durante un año. Y, siempre que se la hacía, la señora Noot le cantaba:

Luna y candiles,
dadme vuestro resplandor.
Fuego del hogar,
dame tu vigor.
Aguja, vuela veloz.
Hilo, corre sin fin
hasta que la colcha
esté terminada por fin.
La colcha más fina,
la colcha más bella,
hecha con más
de un millar de estrellas.

Esta era una canción mágica, que ayudaba a la abuela a coser rápidamente. Mientras la cantaba, el pequeño Nils permanecía sentado en silencio en su taburete y acariciaba los colores brillantes de la colcha. El fuego dejaba de chisporrotear para escuchar, y el viento acallaba su rugido.

La colcha estaba ya casi terminada.

Estaría lista para el cumpleaños de Nils.

Lejos de allí, muy lejos, al sur de la casita de la señora Noot, en un país caluroso y seco, donde no hay hierba y sólo llueve una vez cada tres años, vivía un mago en pleno desierto. Se llamaba Ali Beg.

Ali Beg era muy perezoso. Dormía todo el día al sol, echado en una alfombra mágica, mientras doce camellos permanecían alrededor de él para darle sombra. Por la noche salía a volar montado en su alfombra. Pero, incluso entonces, no permitía que los infelices camellos se echaran. Tenían que permanecer formando un cuadrado, con una lámpara verde colgada del cuello, para que cuando Ali Beg regresara pudiera ver en la oscuridad dónde aterrizar.

Los pobres camellos estaban cansados y también hambrientos, porque nunca tenían suficiente comida.

Además de ser cruel con sus camellos, Ali Beg era un ladrón. Todo lo que tenía era robado: las ropas, la alfombra mágica, los camellos, incluso las lámparas verdes que llevaban al cuello los camellos (en realidad eran luces de tráfico; Ali Beg las había robado un día que volaba sobre la ciudad de Beirut, provocando un atasco en el tráfico).

Ali Beg guardaba en una caja un ojo mágico, que era capaz de ver todas las cosas bonitas de cualquier lugar del mundo. Todas las noches miraba dentro del ojo y elegía algo nuevo para robar.

Un día, cuando Ali Beg dormía, el camello más viejo dijo:

—Amigos, me voy a desmayar de hambre. Tengo que comer algo.

El camello más joven respondió:

—Como no hay hierba, comámonos la alfombra.

Y así lo hicieron; se pusieron a mordisquear el borde de la alfombra. Era gruesa, mullida y sedosa. Mordisquearon y mordisquearon, masticaron y masticaron, hasta que no quedó más que el trozo que había debajo de Ali Beg.

Cuando éste se despertó, se puso furioso.

—¡Malditos camellos! ¡Habéis destrozado mi alfombra! Voy a golpearos con mi sombrilla y no vais a comer en un año. Ahora tengo el problema de encontrar otra alfombra.

Después de golpear a los camellos, Ali Beg sacó el ojo mágico de la caja, y le dijo:

Búscame una alfombra,
ojo mágico,
que me transporte lejos
y me lleve muy alto.

A continuación, miró detrás del ojo mágico para ver qué podía mostrarle. El ojo se oscureció y luego se aclaró.

Lo que vio Ali Beg fue la cocina de la casita de la señora Noot. Allí estaba ella, sentada junto a la chimenea, cosiendo su maravillosa colcha de retales.

—¡Ajá! —exclamó sonriente Ali Beg—. Ya veo que es una colcha mágica. Justo lo que necesito.

Se subió en el trozo que quedaba de la alfombra mágica. Tuvo que sentarse a horcajadas, como si fuera a caballo, porque el trozo de alfombra era muy pequeño.

Llévame, alfombra,
llévame veloz,

a través del ardiente sol,
y a través del viento atroz.
Sin el más ligero tropiezo
y sin perder un instante,
llévame derecho
hasta la colcha mágica y rutilante.

El trozo de alfombra se elevó hacia el cielo. Pero era tan pequeño, que no podía ir muy rápido. De hecho, iba tan despacio que, mientras se deslizaba por el aire, Ali Beg se volvió negro por efecto del fuerte sol. Luego, cuando llegó al frío país del norte, donde vivía la señora Noot, se quedó helado.

Ya se había hecho de noche. La alfombra iba cada vez más lenta y cada vez volaba más bajo. Finalmente cayó en lo alto de una montaña. Estaba agotada. Ali Beg se bajó de la alfombra enfadado y comenzó a descender la montaña en dirección a la casa de la señora Noot.

Cuando llegó, miró por la ventana.

El pequeño Nils estaba durmiendo en la cama. Al día siguiente era su cumpleaños.

La señora Noot se había quedado hasta tarde para terminar la colcha. Sólo quedaba por coser una estrella, pero se había quedado dormida en la silla, con la aguja a medio ensartar en uno de los retales.

Ali Beg levantó con cuidado el picaporte.

Entró de puntillas, con muchísimo cuidado, para no despertar a la señora Noot, quitó de sus manos la preciosa colcha roja y azul, verde y carmesí, rosa y dorada. No se percató de la presencia de la aguja, ni la señora Noot se despertó.

Ali Beg se marchó llevándose la colcha.

La extendió sobre la nieve. Incluso a la luz de la luna sus colores resplandecían.

Ali Beg se sentó sobre la alfombra y dijo:

Sobre montes y cañadas.
Sobre bosques y sierras.
Llévame seguro.
Llévame a mi tierra.

La anciana señora Noot había transmitido mucha magia a la colcha, mientras cosía y cantaba. Aquella colcha era mucho mejor que la alfombra. Se elevó con facilidad en el aire y se dirigió con Ali Beg hacia el sur, en dirección a su caluroso país.

Cuando se despertó la señora y vio que su preciosa colcha había desaparecido, ella y el pequeño Nils la buscaron por todas partes; pero no estaba en la cocina, ni en la leñera, ni en el bosque... ¡No estaba en ninguna parte!

Aunque era su cumpleaños, el pequeño Nils se pasó llorando todo el día.

Cuando regresó al desierto, Ali Beg se echó sobre la colcha y se durmió. Los camellos estaban a su alrededor, dándole sombra.

Entonces, el camello más joven, propuso a sus compañeros:

—Amigos, he estado dándole vueltas a la cabeza. ¿Por qué tenemos que evitar que le dé el sol a este mal hombre, mientras él duerme tranquilamente sobre una colcha mullida? Vamos a hacerle rodar por la arena y subamos nosotros en la colcha. Luego, le pedimos que nos lleve lejos y lo dejamos a él aquí.

Tres camellos tiraron de la ropa de Ali Beg con los dientes y lo arrastraron con cuidado fuera de la colcha. Después, todos los camellos se subieron en ella, formando un círculo alrededor del agujero central que tenía forma de estrella. Afortunadamente era una colcha muy grande.

El camello más viejo pronunció estas palabras:

Colcha maravillosa,
mágica y viva,
llévanos contigo
hasta tu tierra nativa.

La colcha se elevó al instante, con los camellos encima.

En ese momento se despertó Ali Beg y los vio. Con un grito de rabia se incorporó e intentó sujetar la colcha. Sus dedos la agarraron en el agujero central.

La colcha se echó a volar, llevando colgado bajo ella a Ali Beg.

El camello más joven dijo:

—Amigos, tenemos que desprendernos de Ali Beg. Pesa demasiado para esta colcha.

Los camellos se pusieron a saltar y a moverse de un lado para otro, a golpear la colcha, a zarandearse unos a otros, a inclinarse y a mecerse, hasta que la aguja que la señora Noot había dejado ensartada en uno de los retales se clavó en un dedo de Ali Beg. Este dio un alarido y se soltó. Ali Beg cayó y cayó hasta que se hundió en el mar, produciendo un gran chapoteo en el agua.

Y ése fue el final de Ali Beg.

Pero la colcha continuó su camino con

los camellos. Al pasar sobre Beirut, dejaron caer las doce luces de tráfico verdes.

Cuando, finalmente, tomaron tierra junto a la casa de la señora Noot, Nils salió corriendo.

—¡Abuela! —gritó—. ¡Ven a ver esto! ¡La colcha está de regreso! ¡Y me ha traído doce camellos como regalo de cumpleaños!

—¡Dios me asista! —dijo la señora Noot—. Tendré que hacerles unos chalecos, pues si no van a pasar aquí mucho frío.

Así pues, les hizo unos preciosos chalecos también de retales y les dio para comer todas las gachas que quisieron.

Los camellos estaban encantados de haber encontrado un hogar tan agradable.

La señora Noot cosió la última estrella en la colcha y la extendió sobre la cama de Nils.

—¡Bueno! —dijo—. ¡Ya es hora de irse a la cama!

Nils se metió de un salto en la cama y se arrebujó orgullosamente bajo su preciosa colcha, quedándose dormido al instante. ¡Qué sueños tan fantásticos tuvo esa noche y todas las demás, a partir de entonces, mientras su abuela permanecía sentada frente a la chimenea, con seis camellos a cada lado!

Índice

EL BARCO DE VAPOR

SERIE BLANCA (Primeros lectores)

Pilar Molina Llorente, **PATATITA**
Elisabeth Heck, **MIGUEL Y EL DRAGÓN**
Irmela Wendt, **NIDO DE ERIZOS**
Tilman Röhrig, **CUANDO TINA BERREA**
Mira Lobe, **EL FANTASMA DE PALACIO**
Carmen de Posadas, **KIWI**
Consuelo Armijo, **EL MONO IMITAMONOS**
Carmen Vázquez-Vigo, **EL MUÑECO DE DON BEPO**
Pilar Mateos, **LA BRUJA MON**
Irina Korschunow, **YAGA Y EL HOMBRECILLO DE LA FLAUTA**
Mira Lobe, **BERNI**
Gianni Rodari, **LOS ENANOS DE MANTUA**
Mercè Company, **LA HISTORIA DE ERNESTO**
Carmen Vázquez-Vigo, **LA FUERZA DE LA GACELA**
Alfredo Gómez Cerdá, **MACACO Y ANTÓN**
Carlos Murciano, **LOS HABITANTES DE LLANO LEJANO**
Carmen de Posadas, **HIPO CANTA**
Dimiter Inkiow, **MATRIOSKA**
Pilar Mateos, **QUISICOSAS**
Ursula Wölfel, **EL JAJILÉ AZUL**
Alfredo Gómez Cerdá, **JORGE Y EL CAPITÁN**
Concha López Narváez, **AMIGO DE PALO**

SERIE AZUL (A partir de 7 años)

Consuelo Armijo, **EL PAMPINOPLAS**
Carmen Vázquez-Vigo, **CARAMELOS DE MENTA**
Montserrat del Amo, **RASTRO DE DIOS Y OTROS CUENTOS**
Consuelo Armijo, **ANICETO, EL VENCECANGUELOS**
María Puncel, **ABUELITA OPALINA**
Pilar Mateos, **HISTORIAS DE NINGUNO**
René Escudié, **GRAN-LOBO-SALVAJE**
Jean-François Bladé, **DIEZ CUENTOS DE LOBOS**
J. A. de Laiglesia, **MARIQUILLA LA PELÁ Y OTROS CUENTOS**
Pilar Mateos, **JERUSO QUIERE SER GENTE**
María Puncel, **UN DUENDE A RAYAS**
Patricia Barbadillo, **RABICÚN**
Fernando Lalana, **EL SECRETO DE LA ARBOLEDA**
Joan Aiken, **EL GATO MOG**
Mira Lobe, **INGO Y DRAGO**
Mira Lobe, **EL REY TÚNIX**
Pilar Mateos, **MOLINETE**
Janosch, **JUAN CHORLITO Y EL INDIO INVISIBLE**
Christine Nöstlinger, **QUERIDA SUSI, QUERIDO PAUL**
Carmen Vázquez-Vigo, **POR ARTE DE MAGIA**
Christine Nöstlinger, **HISTORIAS DE FRANZ**
Irina Korschunow, **PELUSO**
Christine Nöstlinger, **QUERIDA ABUELA... TU SUSI**
Irina Korschunow, **EL DRAGÓN DE JANO**
Derek Sampson, **GRUÑÓN Y EL MAMUT PELUDO**
Gabriele Heiser, **JACOBO NO ES UN POBRE DIABLO**
Klaus Kordon, **LA MONEDA DE 5 MARCOS**
Mercè Company, **LA REINA CALVA**
Russell E. Erickson, **EL DETECTIVE WARTON**
Derek Sampson, **MÁS AVENTURAS DE GRUÑÓN Y EL MAMUT PELUDO**
Christine Nöstlinger, **EL DIARIO SECRETO DE SUSI. EL DIARIO SECRETO DE PAUL**

SERIE NARANJA (A partir de 9 años)

Otfried Preussler, **LAS AVENTURAS DE VANIA EL FORZUDO**
Juan Muñoz Martín, **FRAY PERICO Y SU BORRICO**
María Gripe, **LOS HIJOS DEL VIDRIERO**
Hilary Ruben, **NUBE DE NOVIEMBRE**
A. Dias de Moraes, **TONICO Y EL SECRETO DE ESTADO**
François Sautereau, **UN AGUJERO EN LA ALAMBRADA**
Pilar Molina Llorente, **EL MENSAJE DE MAESE ZAMAOR**
Marcelle Lerme-Walter, **LOS ALEGRES VIAJEROS**
Djibi Thiam, **MI HERMANA LA PANTERA**
Hubert Monteilhet, **DE PROFESIÓN, FANTASMA**
Hilary Ruben, **KIMAZI Y LA MONTAÑA**
Jan Terlouw, **EL TÍO WILLIBRORD**
Juan Muñoz Martín, **EL PIRATA GARRAPATA**
Ruskin Bond, **EL CAMINO DEL BAZAR**
Eric Wilson, **ASESINATO EN EL «CANADIAN EXPRESS»**
Eric Wilson, **TERROR EN WINNIPEG**
Eric Wilson, **PESADILLA EN VANCÚVER**
Pilar Mateos, **CAPITANES DE PLÁSTICO**
José Luis Olaizola, **CUCHO**
Alfredo Gómez Cerdá, **LAS PALABRAS MÁGICAS**
Pilar Mateos, **LUCAS Y LUCAS**
Willi Fährmann, **EL VELERO ROJO**
Val Biro, **EL DIABLO CAPATAZ**
Miklós Rónaszegi, **HÁRY JÁNOS**
Rocío de Terán, **LOS MIFENSES**
Fernando Almena, **UN SOLO DE CLARINETE**
Mira Lobe, **LA NARIZ DE MORITZ**
Willi Fährmann, **UN LUGAR PARA KATRIN**
Carlo Collodi, **PIPETO, EL MONITO ROSADO**
Ken Whitmore, **¡SALTAD TODOS!**
Joan Aiken, **MENDELSON Y LAS RATAS**
Randolph Stow, **MEDINOCHE**
Robert C. O'Brien, **LA SEÑORA FRISBY Y LAS RATAS DE NIMH**
Jean Van Leeuwen, **OPERACIÓN RESCATE**
Eleanor Farjeon, **EL ZARAPITO PLATEADO**
María Gripe, **JOSEFINA**
María Gripe, **HUGO**
Cristina Alemparte, **LUMBÁNICO, EL PLANETA CÚBICO**
Ludwik Jerzy Kern, **FERNANDO EL MAGNÍFICO**
Sally Scott, **LA PRINCESA DE LOS ELFOS**
Annelies Schwarz, **VOLVEREMOS A ENCONTRARNOS**
Núria Albó, **TANIT**
Pilar Mateos, **LA ISLA MENGUANTE**
Lucía Baquedano, **FANTASMAS DE DÍA**
Paloma Bordons, **CHIS Y GARABÍS**
Alfredo Gómez Cerdá, **NANO Y ESMERALDA**
Eveline Hasler, **EL COLECCIONISTA DE AGUJEROS**
Mollie Hunter, **EL VERANO DE LA SIRENA**
José A. del Cañizo, **CON LA CABEZA A PÁJAROS**
Carola Sixt, **EL REY PEQUEÑO Y GORDITO**

SERIE ROJA (A partir de 12 años)

Alan Parker, **CHARCOS EN EL CAMINO**
María Gripe, **LA HIJA DEL ESPANTAPÁJAROS**
Huguette Perol, **LA JUNGLA DEL ORO MALDITO**
Iván Southall, **¡SUELTA EL GLOBO!**
José Luis Castillo-Puche, **EL PERRO LOCO**
Jan Terlouw, **PIOTR**
Hannelore Valencak, **EL TESORO DEL MOLINO VIEJO**
Hilda Perera, **MAI**
Fay Sampson, **ALARMA EN PATTERICK FELL**
José A. del Cañizo, **EL MAESTRO Y EL ROBOT**
Jan Terlouw, **EL REY DE KATOREN**
Iván Southall, **DIRECCIÓN OESTE**
William Camus, **EL FABRICANTE DE LLUVIA**
María Halasi, **A LA IZQUIERDA DE LA ESCALERA**
Iván Southall, **«FILÓN DEL CHINO»**
William Camus, **UTI-TANKA, PEQUEÑO BISONTE**
William Camus, **AZULES CONTRA GRISES**
Karl Friedrich Kenz, **CUANDO VIENE EL LOBO**
Mollie Hunter, **HA LLEGADO UN EXTRAÑO**
William Camus, **AQUEL FORMIDABLE FAR WEST**
José Luis Olaizola, **BIBIANA Y SU MUNDO**
Jack Bennett, **EL VIAJE DEL «LUCKY DRAGON»**
William Camus, **EL ORO DE LOS LOCOS**
Geoffrey Kilner, **LA VOCACIÓN DE JOE BURKINSHAW**
Víctor Carvajal, **CUENTATRAPOS**
Bo Carpelan, **VIENTO SALVAJE DE VERANO**
Margaret J. Anderson, **EL VIAJE DE LOS HIJOS DE LA SOMBRA**
Irmelin Sandman-Lilius, **BONADEA**
Bárbara Corcoran, **LA HIJA DE LA MAÑANA**
Gloria Cecilia Díaz, **EL VALLE DE LOS COCUYOS**
Sandra Gordon Langford, **PÁJARO ROJO DE IRLANDA**
Margaret J. Anderson, **EN EL CÍRCULO DEL TIEMPO**
Bo Carpelan, **JULIUS BLOM**
Jan Terlouw, **EL PRECIPICIO**
Emili Teixidor, **RENCO Y EL TESORO**
Ethel Turner, **SIETE CHICOS AUSTRALIANOS**
Paco Martín, **COSAS DE RAMÓN LAMOTE**
Jesús Ballaz, **EL COLLAR DEL LOBO**
Albert Lijánov, **ECLIPSE DE SOL**
Monica Dickens, **LA CASA DEL FIN DEL MUNDO**
Edith Nesbit, **LOS BUSCADORES DE TESOROS**
Alice Vieira, **ROSA, MI HERMANA ROSA**
Walt Morey, **KAVIK, EL PERRO LOBO**
María Victoria Moreno, **LEONARDO Y LOS FONTANEROS**

Fecha de los sorteos

Uno trimestral: **Diciembre 87**
Marzo 88
Junio 88
Septiembre 88
Diciembre 88

▶ Si no quieres estropear el libro manda fotocopia. También puedes incluir la dirección de algún amigo.

(Imprescindible el año de nacimiento)

Apellidos/Nombre ....

.... AÑO DE NACIMIENTO ....

Domicilio: Calle .... N.° ....

Población ....

Provincia .... Código postal ....